JN079286

日本一短い手紙

「笑顔」

令和二年度の第二十八回 一筆啓上賞「日本一短い手紙『笑顔』」（福井県坂井市・公益財団法人丸岡文化財団主催、株式会社中央経済社ホールディングス・一般社団法人坂井青年会議所共催、日本郵便株式会社協賛、福井県・福井県教育委員会・愛媛県西予市、住友グループ広報委員会特別後援）の入賞作品を中心にまとめたものである。

同賞には、令和二年六月三日～十月三十一日の期間内に五万二八〇五通の応募があった。令和三年一月二十八日に最終選考が行われ、大賞五篇、秀作一〇篇、住友賞二〇篇、坂井青年会議所賞五篇、佳作一二〇篇が選ばれた。同賞の選考委員は、小室等、佐々木幹郎、夏井いつき、宮下奈都、平野竜一郎の諸氏である。

本書に掲載した年齢・職業・都道府県名は応募時のものである。

目次

入賞作品

大賞［日本郵便株式会社　社長賞］ 6
秀作［日本郵便株式会社　北陸支社長賞］ 20
住友賞 46
坂井青年会議所賞 90

佳作 102
あとがき 230

大賞

［日本郵便株式会社　社長賞］

「お母さん」へ

「貴女は親切ね。
優しくていいお母さんに育てられたのね。」
私は、お母さんの娘ですよ。

認知症の症状が進む母とのやりとりです。
ほめてもらってうれしかったことを母に伝えたいです。

伊藤　磨理子
神奈川県　68歳

一年巻上「お母さん」へ

「貴女は親切ね。
優しくていいお母
さんに育てられた
のね。私は、お母
さんの娘ですよ。

「夫」へ

結婚式で白無垢綿帽子の私に、
満面の笑みで
「リアルオバQ」って言ったの
忘れないから

今でも結婚式の写真をみると思い出します。

佐藤　浩子
新潟県　49歳

一筆啓上［　夫　］へ

結婚式で白無垢紳
帽子の私に、満面
の笑みで「リアル
オバQ」って言っ
たの忘れないから

「自分」へ

説教中、
親を笑顔で見つめたら
もっと怒られました。
もう私は天使ではないようです。

赤子の頃の私は、とてつもなく可愛いかった。ひとたび笑えば、黄色い歓声があった。いつからだろうちゃんと怒られるようになっていた。その切ない思いを書いた。

上田　泰守
神奈川県　15歳　高校1年

一筆啓上「自分」へ

説教中、親を笑顔で見つめたらもう怒られました。

もう私は天使ではないようです。

「おかさん」へ

手紙読むのが楽しみと
笑顔見せ言うてくれたけ、
切手十枚また買うた。
途中で逝くなや。

福田　栄紀
岩手県　63歳　会社員

一筆啓上「おかさん」へ

手紙読むのが楽し
みと笑顔見せ言う
てくれたけ、切手
十枚また買うた。
途中で逝くなや。

「こどもたち」へ

迷(まよ)ったら、
笑顔(えがお)がうまれる方へ、
進んで下さい。

人生は、選択の連続。楽な方へにげろって事ではなく、結果的に、自分はもちろんまわりの人も笑顔になる方へすすんでほしいなと母としては思うので。

嶋﨑 有子
栃木県 52歳 パート

一筆啓上［こどもたち　　］へ

迷ったら、笑顔がうまれる方へ、進んで下さい。

大賞選評

選考委員　佐々木　幹郎

今回の「笑顔」というテーマ、みなさん最初は書き易いと思ったのではないでしょうか。しかし笑顔という言葉だけを文章に入れて書こうとすると、通り一遍になったと思います。笑顔にはそれを取り巻く周囲の環境があって、物語があります。その物語に意外性があって、通り一遍を蹴飛ばす力がないと読者はついてきません。大賞となった伊藤さんの作品は、毎日の介護のなかで笑うことがどれだけ大切なのか、その双方のやりとりを描いて素晴らしい。一方向ではなく双方向の笑顔であることが大事だと教えてくれます。介護の要点ですね。次の佐藤さんの作品は、結婚式で「リアルオバQ」と言われて絶対忘れない、という少々怒りの笑い話。爆笑を誘います。次に上田さんの作品。一筆啓上賞では、宛先が「自分」となっているものはできるだけ採用しないようにしているのですが、「もう私は天使ではないようです」と自分で悟った上田さんは自分に宛てて書く以外なかった。親の顔を「見た」のではなく「見つめたら」という箇所が重要。それまでの可愛いさだけでは済まない大人になっていることの確認が面白い物語になっています。次の福田さんの作品は、方言で書かれていてそれがリアリティを増しています。「途中で逝くなや」という表現。これは宛先の母親がすでに亡くなっている又は、まだ生きているという二つの読み方ができますが、亡くなっている場合は切実ですね。わたしはどちらの読み取り方があっても良いと思いますが、方言で手紙を書くということでお母さんへの愛着感が強く出ています。最後に今回のテーマの趣旨は何かと、短い言葉で手紙にして下さったのが嶋﨑さんです。笑顔の物語の行先を、迷ったら「笑顔のうまれる方へ」と言うのは、人間の生き方を示しているでしょう。ふり返ると今回の大賞作品はどれも見事で、選考会での討議も面白かった。ぜひ贈呈式でみなさんとお会いしたいと思っています。

（入賞者発表会講評より要約）

秀作

［日本郵便株式会社　北陸支社長賞］

「白内障手術後の患者様」へ

手術後の皆さんの笑顔が大好きです。
手術前の担当の若い子は
とお探しされますが私です

手術の翌日に眼帯を外すと皆さん、「良く見える!!世界が変わったみたい!!」と嬉しそうに笑顔で話されます。その笑顔が私達看護師のパワーの源です。手術前には濁っていた視界が手術後にははっきり見えているのですね（笑）手術大成功です（苦笑）

波多野　瑞穂
埼玉県　41歳　看護師

一筆啓上［白内障手術後の患者様］へ

手術後の皆さんの
笑顔が大好きです
。手術前の担当の
若い子はとお探し
されますが私です

「36歳になった娘」へ

風呂場より貴女とパパの笑い声。
無事に過ごせた一日を
ママは笑顔とタオルで迎へます。

現在36歳の娘は2才の時「ヘルペス脳炎」にかかり、重度の障害者になりました。命があっただけでも幸せです。夫と二人三脚の日々はまだまだ続きそうですが、心豊かに生活していきたいと思っています。

福島 れい子
和歌山県

一筆啓上「36歳になった娘」へ

風呂場より貴女と
パパの笑い声。無
事に過ごせた一日
をママは笑顔とタ
オルで迎へます。

「おばあちゃん」へ

傘の下は晴れじゃと、
どしゃ降りの中を
笑顔で出かけるその姿に
勇気をもらっています。

浅井　世津
兵庫県　55歳　自営業

一等賞上 「おばあちゃん」へ

傘の下は晴れじゃと、どしゃ降りの中を笑顔で出かけるその姿に勇気をもらっています。

「自分」へ

出場した大会で一人だけ
予選通過できなかったね。
笑顔でおめでとうが言えて凄いよ。

定谷　朋佳
東京都　大学1年

一筆啓上　「自分　」へ

出場した大会で一人だけ予選通過できなかったね。笑顔でおめでとうが言えて凄いよ。

「八十五才の夫」へ

笑顔で手をつないで歩くと
二十才若く見えるそうよ。
今日暗くなったらやってみようね。

主人は大のテレや。でも、人が良いと言われることは、実行する方。
薄暗い時に始めてだんだん馴れる様頑張りたいです。

牧田　美和子
静岡県

一筆啓上［八十五才の夫］へ

笑顔で手をつない
で歩くと二十才若
く見えるそうよ。
今日暗くなったら
やってみようね。

「妻と子供たち」へ

遺言。

俺の無形文化遺産、

「この笑顔」は、

均等に相続すること。

相続・贈与のセミナーに出席後、ふと頭に思い浮かびました。

長坂　均
埼玉県　64歳　会社員

一筆啓上［妻と子供たち　］へ

遺言。俺の無形文化遺産、「この笑顔」は、均等に相続すること。

「僕」へ

愛想笑いが止まらない。
あくびでしか涙が出ない。
本当の僕は一体何処にいるんだろう。

笑顔が強要される世の中、今回の題材でもある笑顔は求められ涙に拒否される。
そんな世の中の形に必死にすがろうと、自分を見失って生きている少年を描きました。

杉下 和輝
熊本県 15歳 中学校3年

二年生上

「僕　」へ

愛想笑いが止まらない。あくびでしか涙が出ない。本当の僕は一体何処にいるんだろう。

「娘・彩（あや）」へ

遠く迄有難う
アクリル板越しの貴女の笑顔
涙で霞むけど絶対忘れない
もっと笑って私の彩

前澤　恵子
神奈川県　64歳

一筆啓上

「娘・彩（あや）」へ

遠く迄有難うアク
リル板越しの貴女
の笑顔涙で霞（かす）む
ど絶対忘れないも
っと笑ってて私の彩（あや）

「天国のお父さん」へ

人生最高の笑顔が、
孫と娘に挟まれた瞬間だったなんて。
泣かせないでよ。遺影選びで。

四年間の闘病生活を経てこの夏旅立った父。葬儀の準備中、遺影選びをしていたら、最高の笑顔は私と娘と一緒のスナップ写真でした。その表情から私達がどれだけ愛されていたのかが伝わってきて思わず泣いてしまいました。親っていいもんです。

酒井 美百樹
東京都 47歳 ミュージシャン

一筆啓上

[天国のお父さん　]へ

人生最高の笑顔が、
孫と娘に挟まれた
瞬間だったなんて。
泣かせないでよ。

遺影選びで。

「四十年連れ添う妻」へ

沢庵繋ったままやし
息子を猫の名前で呼ぶし
口あけて寝てるし
いっつも笑顔やし
ありがと

赤城　嘉宣
大阪府　67歳　自営業

四十年連れ添う妻へ

沢庵 繋ったままやし
息子を猫の名前で呼ぶし
口あけて寝てるし
いつも笑顔やし
ありがと

秀作選評

選考委員　宮下　奈都

今回、秀作はとても豊作でした。5万2千通もある手紙の中の10通。価値ある秀作だと思います。波多野瑞穂さんの作品は、5人の選考委員中3人がA評価を付けていました。3人がA評価を付けたのは、5万2千通の中でこの一通だけです。読むだけでくすくす笑ってしまいます。作者のユーモアや余裕や可愛らしさが滲み出て、みんなに愛される手紙だと思いました。福島れい子さんの作品は、障害のあるお嬢さんとパパの笑い声をお風呂の外で聞いて待っている。そんなママの笑顔のひとときが描かれています。無事に一日を過ごせたありがたさが何よりもかけがえのない事だと気づかせてくれる、しみじみと胸に沁みる手紙でした。浅井世津さんの作品は、おばあちゃんの気丈さや働き者の姿、同時にまた、その姿を見守っている作者の温かさが伝わってくる手紙です。

傘の下は晴れじゃ、というひとことが力強く、どしゃ降りとの対比が鮮やかで魅力的でした。定谷朋佳さんの作品には、書かずにいられなかった強い動機を感じました。宛先が「自分へ」というのは手紙としてどうか、という議論があったのですが、この作品では「自分へ」が非常に生きています。自分に宛てた手紙の中でだけ、ひそかに書くことのできた言葉だったと思います。短い手紙の中に、物語がぎゅっと詰まっていました。牧田美和子さんの作品は、ほのぼのと愛おしい情景が見えてくる手紙でした。選考委員の間で、この奥さんは何歳なんだろうという話にもなりました。もしかして年齢を書かなかった所までが作者の意図だったんじゃないか、と思わせる深みのある作品です。

今年は、例年よりも秀作候補として残った数が多くて、時間をかけて丁寧に議論しつつ選考しました。激戦を勝ち抜いた10通です。いろんな手紙の書き手がいて、宛先があって、手紙という文化のおもしろさをあらためて感じました。

（入賞者発表会講評より要約）

秀作選評

選考委員　夏井　いつき

今回の選考は素晴らしかった、と佐々木さんが自画自賛なさっていましたが、改めて満足した選考でした。

長坂さんの作品ですが、「遺言」という言葉から始まります。おそらく遺言と言ったものの残す物がなかったんだろうと思うんです。ではどうするかと思い、俺の無形文化遺産と書いてみるんですよ。そして、その無形文化遺産は「この笑顔」だって自分の笑顔を自画自賛する。均等に笑顔を相続して生きてくれよなんていうと、金は無いけど良い父ちゃんではないかと、この均さんにお会いしたいなと思いました。次に杉下さんの作品ですが、この方は客観的に物事を見ている。愛想笑いが止まらない。あくびでしか涙が出ない。この二つの自己認識の後に「本当の僕は一体何処にいるんだろう」最後の一文は、誰もが思春期の頃に通る永遠の問いではないかと思います。今回のテーマは、ほのぼのとした作品が多かったですが、自問自答という一つのポジションがあっても良いのではと感じました。

次に前澤さんの作品ですが、句読点も使わず、字数をいっぱい使って、自分の感情をぎゅうぎゅうに押し込んでいる切迫感。この方の切迫した状況の想いの作品には勢いがありました。次に酒井さんの作品です。最初は凡人の発想だと思ったんですが、最後の「泣かせないでよ。遺影選びで」のここですね。「遺影選びで」という状況下が出た瞬間に心を打たれました。最後に赤城さんの作品です。小室さんに「女性陣は腹が立たないのか」と言われまして、私達、なつなつコンビは心の奥行の深い女性陣なんです。本当のことは受け入れるしかないわけですがこの作品の仕掛けは、最後です。「いっつも笑顔やし」って照れながら、さらに大照れで「ありがと」という4文字。夫は、こんなに色々と書かないと「ありがと」と言えないんだな、と新たに夫婦の年月というのが出て来るわけですね。私はこの夫婦に心から会いたいと思いました。

（入賞者発表会講評より要約）

住友賞

「ばあちゃん」へ

ポチ袋の厚みの正体に、
思わず笑ってしまいました。
ばあちゃん、お守りありがとう。

柿崎　由純
埼玉県　13歳　中学校2年

「感謝状」

「ばあちゃん　　」へ

ポチ袋の厚みの正
体に、思わず笑っ
てしまいました。
ばあちゃん、お守
りありがとう。

「退職した夫」へ

一筆啓上
笑顔枯らすな　銭残せ

大石　さち子
神奈川県　63歳　主婦

退職した夫へ

一筆啓上

笑顔枯らすな　銭残せ

「自分」へ

笑顔はお金で買えないはずなのに、
どうして給料もらって
ニコニコするんですか。

初給料は自分が笑顔になる物につかいました。

半澤　鈴之介
福井県　16歳　高校1年

一段目上［自分へ］

笑顔は	ないはず	どうして	って	んで
お金で	なのに、	給料もら	ニコニコする	すか。
買え				

「母」へ

僕が失敗した時
「やったね！成長するチャンス！
おめでとう！」
踊る母に大笑いしたよ。

保田　健太
神奈川県　26歳

母へ

僕が失敗した時
「やったね！成長するチャンス！おめでとう！」
踊る母に大笑いしたよ。

「優しいママ」へ

子供たちへ

「怒らないから言ってごらん」という時の、

あなたの笑顔が一番怖い。

古池　勝
富山県　50歳　会社員

一番階上

「優しいママへ」

子供たちへ「奴らないから言って ごらんしという時の、あなたの笑顔が一番怖い。

「世間の皆様」へ

息子が笑って
独り言を言っている時は
彼の楽しい一時です。
どうか御理解下さい。

自閉症の息子、文化の違いから理解されにくい所もありますが、彼らの事を知って欲しい。
楽しいと感じている事を素直に表現しているだけなのです。

吉田　純子
大阪府　51歳　主婦

一筆啓上

【世間の皆様】へ

息子が笑って独り言を言っている時は彼の楽しい一時

です。どうか御理解下さい。

「母」へ

「あんた誰」「娘だよ」
毎日の繰り返し。
いつも　大笑い。
お母さん　長生きしてね。

三宅　美知
岡山県　61歳　主婦

母へ

「あんた誰」「娘だよ」
毎日の繰り返し。
いつも 大笑い。
お母さん 長生きしてね。

「母ちゃん」へ

お空から一日だけ帰って来れませんか。
この小さな笑顔に会わせたいよ。

亡き母へ　生まれた娘を会わせたい想いを書きました。

林田　美奈子
熊本県　34歳　会社員

一筆啓上［母ちゃん］へ

お空から一日だけ
帰って来れません
が。この小さな笑
顔に会わせたいよ
。

「泣いている君」へ

赤ちゃんは笑うのが仕事だよ
と君の姉は言う。
これからたくさん仕事が待ってるよ。

三才の娘が、生まれてまだ間もない妹が泣いている時にふと話し掛けた言葉です。
まだ泣くしかないこの子の未来は、姉のおかげで
明るい笑顔に満ちあふれているだろうなと思いました。

小野寺 美文
岩手県 33歳 主婦

一筆啓上［泣いている君　　］へ

赤ちゃんは笑うの
が仕事だよと君の
姉は言う。これか
らたくさん仕事が
待ってるよ。

「息子」へ

笑顔スタンプもいいけれど、たまには返事、文字で送って。

ラインでやり取りするようになり、息子からの返事に文字がめっきり減りました。スタンプもかわいくていいのですが、やはり文で近況などを書いてほしいです。

宅見　春美
兵庫県　63歳　主婦

一筆啓上「息子　」へ

笑顔スタンプもいいけれど、たまには返事、文字で送って。

「超絶反抗期の娘」へ

「ママ大好き」の無償から
「小遣いどうも」と有償化した
あなたの笑顔。成長の証？！

金子　幸栄
福島県　49歳　公務員

【超絶反抗期の娘】へ

筆啓上

「ママ大好き」の無償から「小遣いどうも」と有償化したあなたの笑顔。成長の証？！

「妻」へ

通帳残高に落ち込む僕を、
笑う君が頼りです。
我が家の貯金箱は
「笑顔」で一杯です。

お金は無かったけれど、笑顔は無くならなかった。
だから、これからも多分大丈夫だと思っています。

長田　芳文
香川県　63歳　期間雇用社員

一筆啓上「妻」へ

通帳残高に落ち込む僕を、笑う君が頼りです。我が家の貯金箱は「笑顔」で一杯です。

「ぼくの手と足」へ

水泳のテストにうかったよ。
君たちのがんばりのおかげだよ。
うれしくてたまらないよ。

苅谷　湊
京都府　7歳　小学校2年

図1 「ぼくの手と足」へ

水泳のテストにうかったよ。君たちのがんばりのおかげだよ。うれしくてたまらないよ。

「友」へ

君は知らないだろうけど、
君の笑顔に励まされている人が、
知ってるだけでも一人いる。

宮川　慎一郎
福井県　18歳　高校3年

一箇所上「　友　」へ

君	う	に	人	け
は	け	励	が	で
知	で、	ま	、	も
ら	君	さ	知	一
な	の	れ	っ	人
い	笑	て	て	い
だ	顔	い	る	る
ろ		る	だ	。

「天国にいるお祖母ちゃん」へ

戦争を生き抜いて来たお祖母ちゃんの、
笑顔の裏にあったもの、
聞いておきたかったな。

いつもニコニコ笑顔だった私の祖母。コロナで日常を失った今、
戦争で日常を失った祖母はどんな経験をして何を感じて、なぜそんなに笑顔でいられるのか、
ちゃんと聞いておけば良かったと、後悔しています。

田中　彩子
東京都　38歳

一五歳上

［天国にいるお祖母ちゃん］へ

戦争を生き抜いて
来たお祖母ちゃん
の、笑顔の裏にあ
ったもの、聞いて
おきたかったな。

「新幹線で隣席だったおばあさん」へ

目覚めると隣席でにっこりと
うまそうに食べてたみかん、
あれ僕のだったんですよ。

山下 真宏
兵庫県 68歳

「新幹線で隣席だったおばあさんへ」

目覚めると隣席でにっこりとうまそうに食べてた

みかん、あれ僕のだったんですよ。

「夫」へ

自宅テレ会議で見た夫の笑顔。職場ではこんなに笑っていたの！？私にもその顔見せて！

コロナで導入されたテレワーク。自宅でパソコン越しに職場の仲間と話す夫は、笑顔で愛想がよくて、対人関係の上手そうな社会人でした。私にはしかめっ面なのに。たまには私にも笑ってみせて。

齋藤　直美
東京都　49歳　公務員

一筆啓上

「夫

自宅テレ会議で見た夫の笑顔。職場ではこんなに笑っていたの！？私にもその顔見せて！

」へ

「天国のお母さん」へ

コスモスみたいな笑顔ねと
言ってもらっていた私も七十歳。
ドライフラワーになりました

松尾　惠美子
宮崎県　70歳　公務員

天国のお母さんへ

コスモスみたいな笑顔ねと
言ってもらっていた私も七十歳。
ドライフラワーになりました

「お父ちゃん」へ

家族の笑顔を守る為に
外では笑顔になれない日もあるんやろ。
ありがとう。

辰田　香苗
大阪府　56歳　主婦

お父ちゃんへ

家族の笑顔を守る為に外では笑顔になれない日もあるんやろ。ありがとう。

「長年の飲み友達」へ

通夜の場は　遺影の君だけ　いい笑顔

おそらく通夜の場は、悲しみに沈んでる場合が多いはず。
しかし友人の遺影だけはスポットライトが当たってる何時もの明るい笑顔の君だった

松本　皐月
大分県　81歳

一兼啓上「長年の飲み友達」へ

通夜の場は
遺影の君だけ
いい笑顔

住友賞選評

選考委員　平野　竜一郎

今年も他の選考委員より、色々なアドバイスをいただき、秀作に並ぶような20作品を住友賞に選ばせていただきました。素晴らしい作品を選考させていただき、喜ばしく思います。可愛いらしいものや、心温まるもの、親子や、夫婦、家族の絆が込められたものなど、いずれも作者の想いがあふれる作品となっておりますので、いくつか紹介させていただきます。

一つ目は半澤さんの作品です。「笑顔はお金で買えない」仰る通りです。給料日になるとニコニコしている会社員の自分を思い返しつつ、この16歳の少年にドキッとさせられました。アルバイトで初めて給料を貰った時の嬉しい気持ちを上手く表現されました。次に吉田さんの作品です。障害をお持ちのお子さんのお話だそうですが、皆様も電車の中でこの様な場面に接することがあると思います。今回この作品を読んで、「そうだったんだ、楽しかったんだね」という発見とともにその笑顔の様子が浮かんで優しい気持ちになれました。次の宅見さんの作品は、まさに私自身と息子のやり取りに重なります。絵文字やスタンプは早くて簡単ですがどこか寂しい。やぱり文字による言葉、さらに手書きの手紙文は、要件だけではない「書き手の気持ち」までも噛みしめることができ、いつの時代にも代えがたい大切な伝達、手段だと思います。次に会社員の立場から選ばせていただきました二作品です。齋藤さんの作品ですが、こちらはテレワーク中のご主人の笑顔をご覧になった時の気持ちを表したものです。昨今の生活に密着した内容であり、奥様のお気持ちが伝わりました。辰田さんの「お父ちゃんへ」は最後の「ありがとう」が染みました。良く詠んでいただいたと、住友グループ会社員一同から感謝の意を表しつつ、住友賞に選ばせていただきました。

たくさんの素敵な作品に出逢うことができ、応募者の皆様に感謝します。

（入賞者発表会講評より要約）

坂井青年会議所賞

「天ごくのおとうと」へ

わたしのえがおは天ごくにとどいてる？
二つのえくぼかわいいでしょ？
一つあげよっか？

出店　叶愛
福井県　7歳　小学校2年

「天ごくのおとうと」へ

一年生

わたしのえがおは
天ごくにとどいて
る？二つのえくぼ
かわいいでしょ？
一つあげよっか？

「びょういんの先生」へ

わたしは、自分の名前が大すき。
会うと、ニコニコにこちゃんって
よんでくれるから。

寺前　にこ
福井県　9歳　小学校3年

一年生

「びょういんの先生へ」

わたしは、自分の名前が大すき。会うと、ニコニコにこちゃん、てよんでくれるから。

「おとなのは」へ

まえば二(に)ほん、はやくはえてきて。
しちごさんのしゃしん、
にこにこできないでしょ。

池田　愛和
福井県　6歳　小学校1年

「感想」『おとなのは　」へ

まえば二ほん、は
やくはえてきて。
しちごさんのしゃ
しん、にこにこで
きないでしょ。

「ママ」へ

平日の朝、
ママのえがおが、十秒つづけば、
世界はみんな、
平和になると思います。

山本　真尋
福井県　8歳　小学校3年

一種啓上「ママへ」

平日の朝、ママの
えがおが、十秒つ
づけば、世界はみ
んな平和になる
と思います。

「おとうと」へ

うまれて2か月、
かぞくのえがおが、ふえました。
この手がみいつ読めるかな。

山西　あおい
福井県　8歳　小学校2年

一年生上　［おとうと　　］へ

うまれて2か月、
かぞくのえがおが、
ふえました。この
手がみいつ読める
かな。

佳作

「君」へ

どんな時でも笑顔でいる君。
初めて僕の前で流した涙は
『限界』のサインだったんだね。

川合 七葉
北海道 17歳 高校3年

「お母さん」へ

分からない勉強を教えてもらった。
二人ともわからなくなり、
いっしょに大笑いをした。

サイ　ペンディ
北海道　9歳　小学校4年

「学生時代の教師」へ

「お前は笑顔がいい」
と言われたけれど、
他に取り柄がなかった
ということでしょうか。

穂苅　敏
北海道　56歳　会社員

「いつも頑固なお父さん」へ

一年一度の慌てる姿は
家族の最高の笑顔の素。
だから忘れても可！
「今日は結婚記念日」

屋代 まゆみ
北海道 60歳 主婦

結婚して40年目。今年の10月4日もやはり忘れていました。いつも謝らないタイプなのですが
この時ばかりは神妙な顔になるので、家族ぐるみで「夜に教えよう。」ということになりました。

「両親」へ

県大会出場決定したのにさ、なぜ、笑顔よりも驚きが多いの？

池田　成美
青森県　中学校1年

「ママ」へ

「食べてる時が、一番いい顔だね。」
私を太らせる悪魔の一言。
だから、もう禁句だよ？

佐藤　光璃
青森県　16歳　高校1年

食べてる時が一番幸せそうな顔をしているそうです。母を喜ばせるためにたくさん食べていたら今度は「太ったね。少し食べるのやめな？」と言われました。いろいろ矛盾している母です。

「親友」へ

君が言ってくれたのは
「大丈夫？」じゃなく「大丈夫！」
それだけで私は笑顔でいれたよ

田中　樹莉
青森県　14歳　中学校3年

「廊下で声をかけた、おちゃめな生徒」へ

おーい、そこの君って呼びかけたら、
どこの君ですかと笑顔で振り向いた
君の名を教えて

千吉良 岳
青森県 58歳 教員

「おじいちゃんおばあちゃん」へ

まいにちせおっていくランドセル。
かえるときにはたのしかったことで
いっぱいになるよ

渡邊　愛子
青森県　7歳　小学校1年

「妻　みや子さん」へ

「心が美しいから好き」と告白
笑いながら「顔は？」との返事。
もっと好きになりました

吉川　弘
岩手県　76歳

みや子さんは浜育ちで大工の娘、結婚四十年をむかえた婦唱夫随のコンビです。

「嫁いだ娘」へ

お父さんとお兄ちゃんでは、
笑いのツボが一致しないのよ。
会いに来てちょうだいよ。

娘とは友だちの様な関係で過ごして来ました。
嫁いでから私は虚無感を味わい笑っていないみたいです。

林　恵子
宮城県　57歳　主婦

「娘」へ

マスク外(はず)し
二(に)メートルの距離(きょり)で糸電話(いとでんわ)、
孫(まご)も婆(ばば)も嬉(うれ)しそうです。

今野　芳彦
秋田県　73歳

「ばあば」へ

くるくるパーマのあたま。
へんてこりんなうたを歌(うた)って
笑(わら)わせてくれる
ばあばだいすき。

泉田　陽大
福島県　6歳　小学校1年

「友達みんな」へ

私の笑顔は
仮面をつけた嘘の笑顔です、
ごめんね。
でもいつか、
本当に笑えるといいな。

佐藤　靖華
福島県　15歳　中学校3年

「青空の息子達」へ

再会は、涙混じりの笑顔かな。
思い出と共に精一杯生きるよ。
虹のたもとで待っててね。

亡くなった息子達にただ　ただ会いたい思いで書きました。
毎日を一生懸命に生きて、いつか必ず笑って再会したいです。

星　みゆき
福島県　48歳　自営業

「父親」へ

父親は美人でないけど
笑顔はかわいいというけど
美人でないけどはいらなくない？

渡部　響子
福島県　13歳　中学校2年

「元気をくれる夫」へ

笑顔で幸せにしているつもりだったけど、
笑顔にしてもらえる私の方が
幸せなのかもね。

桒久保　由美
茨城県　47歳　公務員

「ぼくいがいのみなさん」へ

言ばがわからなくても
ニコッとわらうと仲よくなれる。
えがおは心と心のあくしゅみたい

ことばには、日本語いがいにも、いろいろなことばがあります。
たとえば、中国語、スペイン語、かん国語です。わからないことばでも、
にこってわらうと、心がつうじると思って書きました。

小林　悠叶
茨城県　8歳　小学校2年

「自分」へ

パパとママのケンカ
「何様だ。」「奥様だ。」
僕がクスッと笑って終了。
これ漫才かなぁ。

西久保　佑月
埼玉県　10歳　小学校4年

「お母さん」へ

思春期でイライラする日々。
笑顔で見送る母の顔。
素直に見られない…もう少し。

本 光希
埼玉県 12歳 中学校1年

「すれ違う人たち」へ

人々の顔の下半分が
消えてしまった街でも、
マスクの奥は
みんな笑顔でありますように。

小野　千尋
千葉県　60歳　会社員

「母さん」へ

私はね、母さんの眉間の川より、
目尻の三の字が好きなんだ。
毎日笑わせてあげるね。

姜　藝智
千葉県　14歳　中学校2年

「ママ」へ

ママが、いつもニコニコしているから、
世界一だいすきです。
パパは、二ばんめです。

内藤　楽
千葉県　7歳　小学校2年

「自分」へ

苦しい時はカレーライスを思い出せ。
そしたら、笑顔になれるぞ。

ぼくはカレーが好きなので、これを食べるぞ。

飯野　匡祐
東京都　11歳　小学校6年

「写真館のおっちゃん」へ

「そんな虫歯がうずいたような顔しない」
そう言うけど、
私は素敵に笑っていたつもり。

就職試験の履歴書用の写真を撮りに近所の写真館へ。
「はい、笑って」カメラマンの声に、私なりに精一杯応えたつもりだったのだけど…

岩瀬 怜
東京都 41歳 会社員

「亡くなったおばあちゃん」へ

悲しい時こそ笑え。
その教えを葬式で試したけど、
しょっぱいなあ。
笑いながら泣くと。

生前、祖母は言っていた。厳しい時代を生きてきたからこそなのだろう。
あなたの笑顔が恋しくて遺影の前で教えに従ったけど、やっぱり涙は止められなかった。
無理に笑った口から、とめどなく涙がなだれ込んできたよ。

岩瀬　怜
東京都　41歳　会社員

「おとうと」へ

あなたのえがお！
かわいすぎて目がはなせません。

荏原　可鈴
東京都　5歳　幼稚園

「友」へ

朝帰りをして
奥さんに満面の笑みで迎えられた？
それはもう、崖っぷちだよ。

妻の笑顔は、時にはこわいこともあります。

室　裕紀
東京都　43歳　会社員

「40才の息子」へ

むかし、天丼の大きなエビ天みたきみの
〝うふ！〟の笑顔、忘れない。

渡邊　千鶴子
東京都　68歳

我が家のエビ天は小さかったのでしょうか。
外食で食べた天丼のエビ天の大きさに目が点になった様です。

「孫の蓮君」へ

照れちゃった。
元旦に「ばっちゃは笑顔が美しい」なんて
五才の君に褒められてさ。

有井 誠子
神奈川県 74歳 主婦

毎年正月に息子家族が帰省するのですが、孫の蓮君が五歳の時。なぜか朝突然「ばっちゃは美しい。顔が美しい。笑顔が美しい。髪の毛が美しい」とほめまくり、大いに照れた私です。蓮君も今は中一になりました。

「自衛官の夫」へ

あの時あなたに見せた笑顔は、
私の覚悟です。
こっちは任せて！
心配いらないよ！

ソマリアへ海外派遣へ向かう主人を岸壁で見送る時、家のこと、子供達のことは私に任せて、心配しないでねという思いです。

東　由紀
神奈川県　48歳　会社員

「5才になった娘」へ

「私が百歳になったらママは何歳？」
涙が出るほど無邪気な笑顔
その時まで全力で守るよ

安保　敦世
神奈川県　35歳　主婦

子供との会話。そのとき私は「あなたが百歳だったら、ママはお空かなあ」と笑って答えた。そうか、この子と一緒にいられる時間は限りあるんだ。尊いこの時間を温かい涙をこらえ、感じた瞬間でした。

「君」へ

笑えないよ、君だけが笑ってる、
クラスメイトは泣いてるよ、
笑っているのは写真だけ。

笑っている写真は「君」です。写真は遺影です。

加藤　泰成
神奈川　15歳　中学校3年

「じいじとばあば」へ

二年生になって、
うまれてはじめて歯がぬけたよ。
今ど、イーッてして見せてあげるね。

桐山 元康
神奈川県 7歳 小学校2年

四〇〇グラムで産まれ、超未熟児として育ってきましたが、無事、小学校にも慣れてきています。まだ園児体型なので、歯が抜けるのは先かと油断していましたが、本人もビックリだし痛かったし…。でもみんなに見せると喜ぶからと、片っ端から見せびらかしています（笑）。

「君」へ

頑張ってなんていないのに、
君に笑顔を向けられると、
なぜか頑張った気になります。

長澤 星
神奈川県 14歳 中学校3年

席を譲ってくれた強面のお兄さんに、
ありがとうと言ったら
照れた笑顔が素敵でした。

中村　小夜美
神奈川県　69歳　会社員

「娘」へ

嫁いで2年。
出戻らないようだから部屋片づけます。
物置になるけど、笑って許してね。

中村　利江
神奈川県　55歳　団体職員

「父さん」へ

高一で退学。
学校だけが人を作る所じゃないよと
静かに笑っていた父さんの顔忘れない。

とんでもないとおこられると思ったが、やさしく抱きかかえられた気持。うれしかった。

長谷川　真弓
神奈川県　80歳

「お母さん」へ

お母さんと
「介護は続くよ、いつまでも♪」と
共に明るく歌う度に
私は笑顔で頑張れるよ

14年間、母と共に途切れることなく、身内の介護を4人分してきました。
その時に「電車は続くよ、どこまでも♪」の替え歌でなるべく笑顔しようと励まし合っていた時のエピソードです。

宮久　令子
神奈川県　37歳　会社員

「世間の皆様」へ

マスクさんは、
みんなの笑顔を隠しているのではなく、
守っているのです。お忘れなく。

マスクをすることで、自分だけでなく、誰かの笑顔も守れるかもしれません。

山田 廉
神奈川県 20歳 大学生1年

「遺失物係様」へ

彼女の笑顔、届いてませんか

森下 博史
山梨県 63歳 会社員

「一人暮らしの娘」へ

最後に必ずこっちを見て
笑って手を振るよね。
それを期待していつまでも見送ってます。

一人暮らしのアパートへ帰っていく娘。少しの間の帰省で、また帰っていく娘を、私は見送ってます。娘はいつもふり向いて手を振ってくれるからです。娘の気持ちに触れる瞬間です。

廣瀬　雅弘
長野県　56歳　小学校教員

「母」へ

どんなに愚痴をこぼしても、
どんなに不満を言っても、
あなたの遺影は笑顔のままです。

もっとたくさん話をしたかった。もっといろいろな所に連れていってあげたかった。

町田　ゆかり
長野県　63歳　自営手伝い

「娘」へ

いつも笑顔で「ごめんね」を先に言われ、
ママは戦意喪失です。
あなたの天性に脱帽。

田淵　祥子
新潟県　30歳　主婦

二才の娘はいたずらが絶えません。イライラが貯って本気で叱ろうとすると、娘は、いつもの調子で（笑顔で）先に「ごめんね」を言われてしまった時の手紙です。

「認知症の父」へ

娘の顔も忘れたのに
笑顔は昔のままだね。
毎回貰い笑いしちゃうよ。

細川　貴子
新潟県　47歳　理容師

「母」へ

「不細工はいつも笑顔でいるように」母よ、あなたからもらった言葉は尊い真実でした。

母からこれまでに言われた言葉は、たくさんあります。
なかでも二十代の初めの頃に言われたこの言葉ほど、いい意味でも悪い意味でも強烈な記憶として残り、その後の人生に役立った言葉はありません。

丸山　修
新潟県　62歳　農業

「家族」へ

妻であり母である
私の笑顔をお守りください。
嗚呼どうか
私の怒りスイッチを押さないで

勘田　尚美
石川県　46歳　会社員

「娘」へ

その笑顔の細めた目の奥に
企みがあることはわかっていますよ。
次はゲーム？お寿司？

白江　文夫
石川県　47歳　会社員

「年頃の娘」へ

笑顔は心と体のバロメーター。
帰宅した娘を静かに測定中。
これが母の大事なお仕事だよ

大好きな娘の笑顔は　私にとってなによりの宝物です。この笑顔を守ることが私にとっても大事な仕事といっても過言でないと思います。

浅井　純代
福井県　46歳　会社員

「大好きなあなた」へ

いつか、あなたの笑顔の理由になりたい。

荒木　さくら
福井県　15歳　中学校3年

「おじいちゃん」へ

会えないからと、
図書券送ってきてくれた。
おじいちゃんの
笑顔つきじゃなきゃつまらん

井元　美咲
福井県　11歳　小学校5年

「はみがき」へ

はみがきをするといつも笑顔の顔になる。朝昼夜笑顔にしてくれてありがとう。

前歯をみがくといの口の形になるんですね。そうすると、笑ってみえるのでいつも笑っている。ありがとう。とゆうことです。

内田　安南
福井県　11歳　小学校6年

「お兄ちゃん」

お兄ちゃん気付いてるかな。
お兄ちゃんが歌うと家族が全員、
笑い出す事に。

加賀　和杜
福井県　16歳　高校1年

「おかあさん」へ

おかあさんのうれしいかおがみたいから、
きょうはこっそりちゃわんあらい。

北田　美羽
福井県　7歳　小学校1年

「母ちゃん」へ

俺が反抗すると
「えっ！ついに反抗期？」と
笑顔の母ちゃん。
もう反抗する気は0だよ。

加藤　虎之介
福井県　15歳　高校1年

「妻へ、夫へ」

「おまえのその笑顔に何度いやされた事か」
「あなたのその笑顔に何度だまされた事か」

小林 良嗣
福井県 76歳

笑顔はみんな困ったことは忘れます

「お母さん」へ

「笑顔でいてくれればそれで充分」
と言うけど、
勉強と運動できなくても大丈夫？

齊藤　光来
福井県　10歳　小学校5年

「もうすぐ二歳の息子」へ

玄関まで駆けてくるまんまるの笑顔。
待っててね、
今日もお月様の時間に帰るから。

玄関を開ける音で「おとしゃん、かえってきた！」と満面の笑みで駆けてくる息子。一日の疲れが癒される瞬間。君のおかげで、私たち家族は毎日幸せです。

佐藤　克幸
福井県　42歳　公務員

「結子ちゃん」へ

曽祖母ちゃんは、
エレベーターで天国へ行くの、
と言ったから皆笑顔でお別れできたよ

澤﨑　純子
福井県

「カメラマンさん」へ

「はい、笑って」でする笑顔ほど
難しい笑顔はありません。

竹村　友杜
福井県　17歳　高校3年

「神様」へ

コロナウイルスで消えてしまった
みんなの笑顔は、
ぼくのおこづかいで買えますか。

土岐　陽太
福井県　10歳　小学校4年

「父さん」へ

鬼の父さん、今日の笑顔はどうしたん？
何かあったん？
おれ、食べられてまうんやろか？

仲嶋　晴哉
福井県　11歳　小学校6年

「犬のモカ」へ

しっぽの動きや歩き方、
大きな瞳の輝き方で
君の笑顔が分かってきた。
散歩へ行こうか。

森石　梨奈
福井県　18歳　高校3年

「遠距離のあなた」へ

「笑顔が見たい」って
いきなりTV電話にするのやめて。
女にはいろいろ事情があるの。

山岸 千景
福井県 59歳

「父」へ

「ハイ、チーズ」て真顔になる父。
撮り終えた後でほっと笑う父。
普通、逆でしょ。

大野　文莉
岐阜県　14歳　中学校2年

「ひよこぐみのママ」へ

お迎えの時の、小躍りしての笑顔。
あーあ、逆立ちしても、
到底ママ達にはかないません

あれ、確か、先生が一番好きと言っていたよね…。

正村　まち子
岐阜県　72歳　保育士

「はる君」へ

「好きな子が出来たので、
先生とは結婚できません」
泣き真似したけど可愛くて笑えたよ

何十回ものプロポーズ嬉しかったよ。三歳だったはる君はもう中学生だよね。
今でもしのちゃんとはラブラブですか？

正村　まち子
岐阜県　72歳　保育士

「施設長」へ

「接遇の基本は笑顔だ」って、
そんな形相で言われても…。

福井　洋明
静岡県　48歳　団体職員
（特別養護老人ホーム）

「孫」へ

「じいちゃんえ」の文字と
髪のある笑顔のじいちゃんが
描いてあるハガキ。宝だよ。

柳谷　益弘
静岡県　78歳

「ぼくのサッカーボール」へ

行け、ゴールへ飛んで行け。
ぼくへ、最高の笑顔をプレゼントしてくれ。

良知　泰誠
静岡県　9歳　小学校4年

「婿さん」へ

毎日駄々こねて泣き喚く孫に
号泣キャンペーンと命名。
皆大笑い。そのセンスいいね！

小川　邦子
愛知県　62歳　会社員

「入院患者さん」へ

「あんたの笑顔見ると病気治るわ」

新米ナースの私に声援くれましたね。

昔、昔のこと。

広林　幸子
愛知県　79歳　主婦

「子供たち」へ

高3と高1の無口な兄妹、でも居間から聞こえる笑いのツボは、一緒で母は幸せです。

普段は、やはり大きくなってきて会話が少ないのですが、お笑い番組を見ている2人は声を出して一緒の所で笑っていて、みているこちらまで笑顔になってしまいます。

上野　由香里
三重県　52歳　主婦

「天国の貴方」へ

出会った日、
初めてなのに、ずっと貴方は笑顔満開
さてはおぬし、一目惚れしたな（笑）

今から三十三年前に元夫と出会いました。初めてなのに、
なぜずっと笑っているのか、不思議でした。大恋愛で結婚したのに…。
訃報を聞いて初めてどんなに大切な人か気づきました。

杉本　百江
三重県　65歳　主婦

「星になった母さん」へ

あの日から　笑えなくなった私の夢の中に
笑って会いに来てくれて　ありがとう。

一番大切な人を亡くしてしまった失望感。
笑えなくなった私より先に母は夢の中で笑っていてくれました。

松本　文子
三重県　62歳　会社員

「お父さん」へ

なんでそんな笑(わら)って
おやすみって言(い)うねん…。
今(いま)になって、
やっと分(わ)かって泣(な)きそうや。

思春期には、父がうれしそうに、酒の臭いをただよわせて「おやすみ」「おはよう」と言っているのが嫌で不思議でした。何がそんなにうれしいんだ…と。ただのあいさつでさえも愛しく思ってくれていた。そんな愛の深さを、亡くなった今、感じます。

仲野　由羽
京都府　26歳　教師

「母」へ

母の笑顔はむずかしい。
励ましの笑顔か、あきらめの笑顔か、
母の笑顔は僕しだい。

那須 啓人
京都府 12歳 小学校6年

「妻　道代さん」へ

断捨離で身のまわりを整理して分かった。
最後まで残しておきたいのは
君の笑顔だけだ。

打浪　紘一
大阪府

「わが人生」へ

笑顔の思い出を訪ねてみたら、
出るわ出るわ。
結構いい人生だったんだ。

一筆啓上のおかげで、人生を振り返ることができました。合掌。

竹下　守雄
大阪府　69歳

「おばあちゃん」へ

ジョーカーをひいたとき
おばあちゃんの笑顔のカードも
一緒にひけるのがうれしいです。

いつもいそがしいのにトランプをしてくれるのがうれしいです。

東　あこ
大阪府　9歳　小学校4年

「新入社員」へ

課長の笑顔にだまされるな！
あの顔は、残業の合図だ。

松田　良弘
大阪府　45歳　会社員

「友だち」へ

あつ子ちゃんが、ぼくに「えがおがステキ♡」と書いてくれた紙は、ぼくの宝物です。

河原　宏明
兵庫県　8歳　小学校3年

あつ子ちゃんは、二年生のクラスで一緒だったお友だちです。「道とく」のじゅぎょうで、友だちのいい所みつけの時、ぼくのことを「えがおがステキ♡」と書いてくれました。ぼくは、そのことがとてもうれしかったので、今でも、その紙をずーっと大切にしています。

「妻」へ

その愛くるしい
邪険のない笑顔に魅せられて
結婚したけど、甘かった。

木村　武雄
兵庫県　67歳

「意中の人」へ

僕の笑顔は滅多に見られません。
何故なら貴女を落とす時の
とっておきの切り札だから。

男たるものへらへら笑いすぎていてはいけないのかもしれません。
ただ、僕は笑顔になるのがあまり得意ではありません。緊張もあると思います。
そんな中、ここぞという時の笑顔で意中の人をモノにする（したい）のです。

鈴木 滉一
兵庫県 22歳 大学院1年

「お母さん」へ

お母さんへ
僕は怒られている時よりも
作り笑顔の方が
よっぽど恐怖を感じます。

藤田　律輝
兵庫県　12歳　中学校1年

「むすめ」へ

どれだけ大きな声で泣かれても
貴女のにこーって顔にイチコロ
抱っこさせていただきます

娘はものすごく大きな声で泣きます。でも笑顔はたまりません。
抱っこさせてもらえるのも今のうち、大切にしたいと思います。

村上　春菜
兵庫県　31歳　公務員

「友達」へ

笑顔(えがお)は、つくれますか？
ぼくは、つくるのが苦(にが)てです。

吉村　拓人
奈良県　11歳　小学校6年

「井上正也様」へ

久久振りにおはぎを作る、
よき出来映えに先づは笑顔で佛壇へ

井上　小枝子
和歌山県　92歳

「父」へ

棺桶の父。
シベリア抑留・結核・アル中・
すべてから解放された。
最高の笑顔。

〝棺桶の中の父の笑顔〟は生前、見たことのない、初めてみる穏やかな笑顔だった。

西尾 敦
島根県 49歳

「お父さん」へ

晩年の優しい笑顔は寂しかった。
最後まで意地悪な顔して
イラつかせてほしかったよ。

母の再婚相手、血の繋がりのない父は、かなり強気な人でした。
年を取り、弱気になっていくのを見るのは寂しい気持ちでした。

富塚 みゆき
岡山県 58歳 パート

「親父」へ

親父は怖い。
けれどただ、将棋を指して
追い詰めた時に出る
親父の笑みは好きなんだ。

松原　祥哲
岡山県　35歳

「友」へ

生きてるかい？
私は最近、遺影用の写真にと、
セルフタイマーで笑顔を練習しているよ。

そろそろ終活を考えるお年頃になりました。
終活に余念のないしっかり者の友人へ宛てて近況の便りを書きました。

渡邉 光子
岡山県 68歳 パート

「事あるごと絵手紙で近況を知らせてくれた母」へ

「いつもその笑顔でいてね」
最後のハガキに書いてあった。
毎日読んで毎回泣いています

齋藤 りか
広島県 57歳 自営業

「おばあちゃん」へ

ピアノの練習中に
これ弾いてと言う
満面の笑みのおばあちゃん。
さては演歌の楽譜だな。

おばあちゃんは演歌が好きで、よく私や妹に弾いてと言ってきます。そして横で歌っています。

藤田　彩実
広島県　14歳　中学校2年

「お客様」へ

「戦(たたか)ってくれてありがとう」
レジの帰(かえ)りぎわに一言(ひとこと)。
涙(なみだ)をこらえて笑顔(えがお)で一言(ひとこと)ありがとう

薬局で働いています。日々コロナウイルスの不安もある中で、お客様からの帰りぎわの「ありがとう」のひとことに、とてもはげまされ、自然と笑顔になることができました。その時の思いです。

山口県　山中　なおか
21歳　薬局店員

「華菜ちゃん（孫）」へ

お風呂の指名「じいちゃんと」は
パパの「おとうさんと」の時より
うれしいかな

龍崎 秀治
山口県 62歳

「目が覚めて泣いたのは
もう居ない君と一緒に笑っていたから」

息子を亡くして15年です。夢の中で楽しそうに笑って話してました…

幸田　光枝
徳島県

「嫁ぐ娘」へ

助手席から降りて来た君は
顔中が笑っていたね。
その時、君を手放す決心がついたんだ。

車の助手席から降りてきた娘の本当にうれしそうな顔。はじめて見る素敵な笑顔でした。
好きな人の側にいる幸せ、それが身体からあふれ出ているような、そんな笑顔の娘でした。

中上　安妃子
徳島県　60歳

「自分」へ

アンチエイジングも、
そろそろ焼け石に水。
笑い皺の似合うばあさんになってやろ！

瀬野　美千代
愛媛県　59歳　公務員

「娘」へ

ケンカをしてはや三ヶ月。
謝れません。
母の笑顔で察してください。
仲直りしたいのよ〜

ケンカをしたまま謝ることができず、はや三ヶ月。娘から謝ってくれたらすぐ私も謝るのに…。娘もそう思っているのでしょうか。早く仲直りしたいのに…。

島内　貴美
高知県　55歳

「弟」へ

家族が笑顔になったけど
漢字の勉強しいや。
神戸を「かみど」って読むな。

ドライブ中に車のナンバーをみていたとき、神戸をみてうちの弟が「かみど」と言って家族みんなが笑いました。

増井　虎汰郎
高知県　14歳　中学校3年

「大好きなともあきさん」へ

72才の誕生日一人で祝いました
ニコニコ笑顔の貴殿の写真を前において
カンパイしました

守田 美津子
福岡県 72歳

「父」へ

大嫌いな幼稚園の見送りで
「ニコちゃんでね。」と
手を振ってくれたお父さん、
会いたい。

若くして他界した父。母と「もっとお父さんといろんな話がしたかったね。」と時々話しています。父がいる幸せを感じています。

山崎　壱子
福岡県　55歳　公務員

「ばぁば」へ

ぼくは死んだじぃじににてるんだよね？
じゃあ、ぼくがばぁばを笑顔にできるね!!

四年前に父が亡くなり、独りぼっちになった母に寄り添い続ける息子。
その優しさ、雰囲気、くせなどが父と重なるようで、「羽玖はじぃじにそっくり」っていつも嬉しそうに言っています。

今村　羽玖
長崎県　9歳　小学校3年

「息子」へ

「はぁ、しわよせー。」
ちょっとおしいあなたの一言を聞いて
眠りにつく毎日が母は幸せ。

思ったことを素直に口に出し、大人の真似をして、ちょっと惜しい言い間違いをする息子。
その一言がいつも、家族を笑顔にしてくれます。
そろそろ「しあわせ」ってしゃべれそうでそれも惜しい気がしています。

石井　有希子
熊本県　36歳　小学校教諭

「友達」へ

あいさつの声は、
友達のほうが大きいが、
笑い声は、わたしのほうが大きい。

磯本　彩歌
熊本県　10歳　小学校4年

「おばあちゃん」へ

私が幼稚園でキリギリス役をした話。
満面の笑みで話すけど、
六十回くらい聞きました。

猪野　春香
熊本県　17歳　高校2年

「お母さん」へ

笑顔でテストどうだったと
聞くのはやめてください。
僕の顔がその答えです。

岩崎　青空
熊本県　16歳　高校2年

「大学生の皆様」へ

ボランティアの皆様の汗と笑顔に、
家族一同立ち直る勇気と力を
頂くことが出来ました。

久保田　睦雄
熊本県　89歳

「兄」へ

ゲームで卑怯な戦法で勝ちまくってさ、
手をたたいて笑ってんじゃあねえよ。

黒木　麻衣
熊本県　17歳　高校2年

「お母さん」へ

卒寿を過ぎて自分のことを
「おとぼけ大明神」と笑い飛ばす
お母さんは私の目標です。

「母親は一家の太陽」が口癖の母はどんなときも笑顔を絶やさない人ですが、九十歳を過ぎて何でも忘れてしまったり、失敗したりすることが増えました。けれど、そんなとき「私はおとぼけ大明神」といまだに家族を笑わせます。

古田　知子
熊本県　67歳

「妻」へ

「私色に染めちゃる」
笑顔で告げられ結婚25年。
元が濃かった分、染めるの苦労したろ。

山本　芳生
宮崎県　49歳　会社員

結婚にふみ切れないでいる自分に、逆告白のような感じで「私色に染めちゃる」と言ってくれ、結婚に至りました。それからもうすぐ25年となります。もともと、個性が強く、プライドも高く、妻には、本当に色々とお世話になってきました。今では、完璧に尻に敷かれ、妻が在るから私も日々を笑顔でおくれます。この様な、一筋縄ではいかない私を、本当に、よく、ここまで妻が手なずけたなぁ、自分色に染めたなぁと、まるで他人事の様に感心し、同時に大感謝してます。

「おとうと」へ

けんかをしていても、
一本ぬけたかわいいはが見えると、
笑っちゃう。
いつもぼくのまけ

家村　直和
鹿児島県　8歳　小学校2年

「お姉ちゃん」へ

お姉ちゃん必死でしかってる時
いつもかむよね大事なところ。
ごめんだけどわらっちゃう

田代　結菜
鹿児島県　9歳　小学校4年

「きみ」へ

どうしてだろう。病気かな。
君の笑顔だけ他のみんなと違って
心がぎゅっとなっちゃう。

寺園　海人
鹿児島県　16歳　高校2年

「母」へ

「女の化粧は笑顔よ。」と言っていたのに、
もう三十分待ってるよ。
散歩に行くんだよね？

矛盾している母への手紙。

鍋山　晟吾
鹿児島県　16歳　高校1年

「妹」へ

さっきまで喧嘩してたのに
すぐ笑顔で忘れているね。
お姉ちゃんは根にもってるからね。

安竹　聖那
鹿児島県　16歳　高校1年

「友人」へ

LINEで「爆笑」って付けるけど、本当に爆笑しているの？

吉廣　愛奈
鹿児島県　15歳　高校1年

「孫」へ

私、歳をとりました。
でも、あなたの、笑顔は、
私の、ぬちぐすい。

進学ではなれた孫へエール！ぬちぐすいは、沖縄の方言、ぬち→命ぐすい→くすり、最高のもの、体にいいもの等々につかわれます。

杉本 清美
沖縄県 65歳 主婦

「愛犬」へ

女性の訪問者が帰ったあと、
意味ありげに
へらへらしてくるの止めてくれ。
集金人だよ。

森山　高史
沖縄県　71歳　自営業

総評

選考委員　小室　等

今回はまず、僕の心に止まった作品から。秀作の杉下さんですが、僕のことで言うと77歳の今になってもずっと「俺っていったいどこにいるんだろう」って思っています。少年たちにアドバイスしましょう。このことずっと付き合って下さい。付き合っていると、面白いです。問いかけこそ人生だとわかる時が来ます。人生、楽しんで問いかけていって下さい。次に子供たち、坂井青年会議所賞の5作品。まずは出店さんの作品。天国に逝ってしまった弟に向けて、いい感じの優しさですね。天国に逝ってしまった弟と、今も共に生きているという感じが良いですね。次に寺前さんの作品ですが、自分が好きと思える名前を付けてもらった、にこちゃんの幸せ。良かったね、自分の名前を好きになれて。次に池田さんの作品です。6歳にして他者の目を意識出来ているって、ある意味おませさんかもしれませんね。次に山本さんの作品ですが、10秒笑顔になることを皆が心がけていけば、世界が平和になると思った。山本さんはメディアなどで世界は平和じゃないというのを見ているんですね。だから「世界平和」という言葉を思いついてママと重ね合わせたんだね。最後に山西さんの作品ですが、生まれて2ヶ月のおとうとはこの手紙を何年あとに読めるのかなと、あおいおねえさんは8歳という歳の違いを思ってる、そのリアル感が良かった。子供たちの発想の中に、大人たちがうしなってしまった、大事なエッセンスが含まれていたと思います。

今、SNSの時代の中、手紙というのは蔑ろにされ、年賀状なども書かなくなり、あけおめで済ませてしまう。手紙を出す習慣のない人達にとっては、SNSが代替えになるということで、それはそれで良かったと思いますが、やはり手書きでしたためて、やり取りするというのは大事な文化です。もはや絶滅危惧種に挙げられそうな手紙を絶滅させないためにも、一筆啓上賞の意義は大きく、ずっと続いていってほしいなと思いました。

（入賞者発表会講評より要約）

予備選考通過者名 順不同

北海道
東 華子
大久保 怜
川下 みなみ
神田 あかり
木村 淑子
桜田 和子
髙木 智矢
高野 香
中川 初音

青森県
沖田 大志
坂岡 聖奈
鶴田 比菜奈
平戸 一華
藤田 心瑚
松坂 宥依

岩手県
阿部 桜子

宮城県
小野寺 茜名
藤巻 優子

秋田県
大石 清美
今野 芳彦
那須 厚

山形県
柏屋 敏秋
山口 真澄

福島県
上野 耕生
大槻 俊齊
小林 美月
佐久間 栞

樋口 ひとみ
渡部 優心

茨城県
鬼沢 仁志
小吹 雛乃
粕田 朱香
小森 みちる
柴沼 あずみ
直井 彩奈
吉澤 美智子

栃木県
伊澤 智子
石井 敏夫
鈴木 春徠
高橋 將人
古谷 杏子

群馬県
阿部 こころ
片山 繭子
新池谷 かおり
鈴木 伸子
瀧田 來遥
星野 七海

埼玉県
秋野 華加
五百川 智美
池上 大斗
大関 菜摘
金井 留利子
河内 真実子
栗原 順子
古開 香蓮
澤田 珠里
遠山 満江
富澤 理恵
中西 悠人

仲安 彩結
長坂 均
奈良 佐智子
奈良 佐智子
奈良 佐智子
奈良 徹
乗附 やよい
林 香澄
吉田 妙子
吉田 妙子
渡邊 美智子

千葉県
青木 茉依
池澤 剛
石井 清美
石居 久子
岩戸 麻知
小野 千尋
小野 文香

東本 将英
古澤 梨子
松永 武彦
松永 武彦
森 庄次
吉田 敬

東京都
浅井 美薫
荒井 美結
大西 真由
大貫 奈美子
大野 祐子
大橋 菜穂
大林 則子
小山 芳郎
笠原 あすか
後藤 響
小林 耕大
小林 浩子

坂元 瑛大
佐藤 智菜美
鹿川 紘
菅原 真梨子
立川 真理恵
野口 穂乃佳
バティ 香
林 慧太朗
判澤 真璃
水谷 妹香
吉岡 綾子
吉田 純志
わたなべゆう正
神奈川県
秋元 めぐみ
犬塚 淳子
内田 美也子
小野寺 美代子
加藤 新二郎
桑原 健次
白河 遥

芹沢 ももか
角森 奈々子
徳吉 伊織
長尾 貴子
仲沢 一宏
中咲 也那
橋本 理央
長谷川 真弓
廣瀬 万里子
古澤 美幸
安田 光里
山田 丹鶴子
山村 彰子
横地 拓男
吉田 勝昭

山梨県

雨宮 源吾
台原 洋

長野県

伊藤 裕子
下平 ゆみ

新潟県

井越 栄子
岩部 圭子
岩部 洋育
遠藤 則子
大嶋 拓海
小柴 康隆
小林 明江
佐藤 一俊
嶋村 真友子
中山 ともか
細川 和貴
宮下 音奏
涌井 和子
渡辺 浩子

富山県

幾島 由香里

竹浪 りえ
竹野 和子
帳山 晴菜
辻本 直子
中村 優允

石川県

浅香 裕美子
板村 真衣
出井 香織
上田 信江
岡 朝子
河合 花実
髙橋 真奈美
山本 直美

福井県

赤井 大倭
有田 小百合
いいづか 晴と
猪坂 香月

市川 幸咲
伊藤 万里子
岩﨑 愛桜
上田 千愛
馬野 マツエ
梅田 脩矢
大谷 舞
大永 夕愛
柏﨑 美里
金﨑 徹
木崎 魁士
北川 華愛
木村 真悠
木村 亮一
小林 大晟
小林 良嗣
小林 良嗣
小林 良嗣
斉藤 美怜
坂田 聖子
佐藤 淑子

塩尻 威吹
重信 充志
清水 葵
清水 博次
清水 柚采
下村 月姫
城﨑 実桜
十佐近 寧音
修多羅 友香
高木 愛結
髙田 瑞稀
髙橋 愛唯
竹澤 泰樹
唯 裕晴
田中 智子
谷 孝盛
戸田 菊栄
冨田 翔唯
仲野 優里香
中道 美咲
南部 敏矢

福井県

丹羽 秀斗
野田 弥花
ハウカ 瑛美里
長谷川 亜美
長谷 ゆずり
はにゅう あいり
飛田 伸恵
廣瀬 尚史
福岡 優希
堀田 幸榮
松田 芽依
間宮 千鶴
向野 一愛
山内 紗希
山岸 紀久子
山下 菜香
山下 菜香
山本 宗弘
吉本 典子
渡辺 奈々

岐阜県

後藤 順
真崎 保男

静岡県

青木 いな美
赤井 丈
大石 亮志
鈴木 天輔
髙橋 京子
髙橋 文利
野沢 尚可
松下 陽子
山本 慶子

愛知県

市川 和代
今宮 美智子
川上 心寧
酒井 沙織
志賀 美穂子
庄司 香苗
宮本 琉偉
村田 典子
森永 政雄
森本 緑弥
山内 咲奈
若子 統春

三重県

稲垣 みね子
岩口 明日香
宇井 宏佑
太田 みゑ子
岡 保子
小芝 葉織
斉藤 裕子
谷口 立騎
服部 香澄
服部 香澄
平瀬 博翔
山本 典子

滋賀県

井上 琴水
井上 怜泉佳
神戸 光子
島 未来
高畑 成希
田中 智菜実
谷口 慶帆
千代 哲雄
中島 彩名
西山 里美
廣松 奈那
吉田 惠子

京都府

相築 千弥
足立 葉月
上田 和樹
栄木 節子
大槻 裕紀子
大頭 眞一
坂下 佳歩
曾根 彰彦
竹内 佑仁
中谷 友紀
丹羽 潤美
長谷川 愛
古川 心愛
細田 茂樹
松本 俊彦
森 実生
矢谷 知美
日笠 廉介

大阪府

阿部 透真
池田 菜月
稲葉 衣麻
稲葉 橙真
井上 空音
岩永 三矢子
岩本 美奈子
榎本 愛実
岡本 佑成
加藤 寛子
河口 智子
桐野 俊敬
小谷 昇
竹下 明宏
立岡 京子
田村 駿
中田 美幸
永田 葉子
西原 由真
日隈 京華
まえだ うるわ
宮西 陽子
村山 実花
山下 裕司
山本 富三
鷲尾 千恵

兵庫県
今西 真琴
小谷 彩矢
齋藤 恒義
谷本 和夫
土井 俊幸
花澤 かおり
原 八千子

奈良県
磯野 るみ子
上嶋 丈一
小原 里香
亀田 真弓
車野 喜咲
篠崎 恵子
篠崎 義博
藤井 文代
松井 美保
松村 桃夏
的場 彩可
山本 美津子

和歌山県
浅尾 啓
石本 葵
伊奈 美鈴
梅田 聖子
川上 千波
川村 来未
木村 明子
竹内 文雄
竹内 ユキ子
立川 唱寛
立川 唱寛
津波 春菜
津本 明美
寺中 京子
中浴 正喜
秦 佳子
伴野 允
宮本 雪枝

島根県
寺本 美貴子
永田 美加子
盛 恵子

岡山県
宇垣 俊寿
小野 真知子
賀来 加代子
鹿野 淑子
河田 敬司
小西 英治
中川 裕美子
長渡 味土莉
松井 勢津子
山本 百合子
横山 絵里佳
渡邉 光子
渡邉 光子
渡邉 光子

広島県
江本 千浪
矢木 斗望希
岸田 賢治
さくらいまりか
高野 英朗
田村 紗英
中山 真緒
別祖 信代
松野 和
森 将茂

山口県
谷口 百合
矢野 栞

徳島県
近藤 桃李
斎藤 照美
園尾 知世
坂東 典子

香川県
津田 まどか

愛媛県
甘粕 美和
戒能 まり子
篠崎 良治
鳥生 良子
藤田 明
松岡 静子
眞鍋 ミチ子
三浦 有里

高知県
入交 まほ
下司 久美
戸田 芽依
前田 恵美子

福岡県
阿部 市椛
安藤 妃芽香
江野村 初輝
大賀 美穂
小倉 慶士
甲斐田 渉
木村 恭子
嶋添 康隆
髙月 愛美
田篭 柊人
堤 葵瑛
永瀬 和哉
長野 櫻歌
永山 喜一
西尾 真由美
西村 柊一
野津 繁子
原 優花
花田 将生
平田 貴子
松尾 美沙
森 加奈江

福岡県

和田 竜我

佐賀県

今田 拓磨
松竹 大知

長崎県

井手 幸子
伊藤 陽音
室園 靖子

熊本県

尾方 倫太郎
白石 結万
中村 悠翔
野田 優衣飛
前田 倖花
松山 正博

大分県

小関 順子
佐藤 愛子
澤本 敬男
福山 実穂
伏下 由美恵

宮崎県

伊井 くみ子
黒木 詞未
富永 秀則
富永 秀則
長友 るみ子
肥後 昌男
水野 律子
森 のり
山下 裕子
山本 芳生
山本 芳生
吉野 咲彩

鹿児島県

有留 百華
蛭子 サヤ
假屋 美琉
川崎 愛美留
塩田 柚希
鈴木 大輔
富沢 碧
中尾 くるみ
野瀬 みかさ
馬場 若菜
福泊 美琴
福永 行男
前田 壮一
松本 陽菜
吉國 律子

沖縄県

安里 星也
池宮 実玖
上間 優奈
大濵 優衣
我那覇 エリ子
金城 音和
椎名 裕子
染矢 真理子
松原 美江子
山内 利緒星
与那覇 美怜

カナダ

ミル 雷輝

あとがき

新型コロナウイルス感染症に翻弄され、テーマ「笑顔」の発表は、二か月も遅れての、緊急事態宣言が解除された後でした。当たり前だった日常が制約され、ライフスタイルも変化する中、家族や仲間とのつながりの大切さを実感した人も大勢いたことと思います。

普通が普通でなくなり、心が暗くなりがちでしたが、皆様からは、五万二八〇五通もの「笑顔」を届けていただきました。人との距離を保ち、マスク越しの会話では、多くの人が「笑顔」の欠乏症になっていたのかもしれません。そして、「笑顔」は時には心の潤滑油として、時には心のビタミン剤として大切なものだと、改めて感じたのではないでしょうか。

住友グループ広報委員会の皆様には、マスク着用はもちろんのこと、アクリル板に囲まれた閉鎖的な空間で、一次選考に携わっていただき、まるで届けられた「笑顔」の森をさまよっているようでした。

最終選考会は、初のリモート開催となり、モニター越しの選考会となりました。小室等さんのまとめ役のもと、佐々木幹郎さん、宮下奈都さん、夏井いつきさん、平野竜一郎さんは、手紙のイントネーションがない文字から見える、「笑顔」の物語を想像しながらの選考でした。甲乙つけがたい作品が多く、時間を忘れ、とてもお互いの距離があることを感じさせない選考会でした。

終わりに、坂井市丸岡町出身の山本時男氏が代表取締役を務める、株式会社中央経済社・中央経済グループパブリッシングの皆様には、本書の出版、並びに付帯する出版業務のすべてお引き受けくださいましたことを感謝申し上げます。また、日本郵便株式会社ならびに坂井青年会議所の皆様の一筆啓上賞へのご協力、ご支援にお礼を申し上げます。

令和三年四月

公益財団法人　丸岡文化財団

理事長　田中　典夫

日本一短い手紙「笑顔」　第28回一筆啓上賞
二〇二一年四月三〇日　初版第一刷発行

編集者――公益財団法人丸岡文化財団
発行者――山本時男
発行所――株式会社中央経済社
発売元――株式会社中央経済グループパブリッシング
〒一〇一－〇〇五一
東京都千代田区神田神保町一－三一－二
電話〇三－三二九三－三三七一（編集代表）
〇三－三二九三－三三八一（営業代表）
https://www.chuokeizai.co.jp
印刷・製本――株式会社　大藤社
編集協力――辻新明美

＊頁の「欠落」や「順序違い」などがありましたらお取り替えいたしますので発売元までご送付ください。（送料小社負担）

© MARUOKA Cultural Foundation 2021
Printed in Japan

ISBN978－4－502－39041－8　C0095

日本一短い手紙と
かまぼこ板の絵の物語

福井県坂井市「日本一短い手紙」愛媛県西予市「かまぼこ板の絵」

ふみと♪絵の♪コラボ作品集

好評発売中　各本体1,429円＋税

四六判・222頁
本体1,000円＋税

四六判・236頁
本体1,000円＋税

四六判・216頁
本体1,000円＋税

四六判・236頁
本体1,000円＋税

四六判・162頁
本体900円＋税

四六判・160頁
本体900円＋税

四六判・162頁
本体900円＋税

四六判・178頁
本体900円＋税

四六判・184頁
本体900円＋税

四六判・258頁
本体900円＋税

四六判・210頁
本体900円＋税

四六判・216頁
本体1,000円＋税

四六判・206頁
本体1,000円＋税

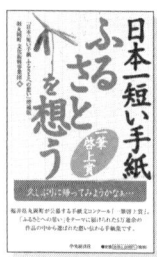

四六判・218頁
本体1,000円＋税

四六判・196頁
本体1,000円＋税

一筆啓上賞

シリーズ好評発売中

「日本一短い手紙」

公益財団法人 丸岡文化財団 編

四六判・216頁
本体1,000円＋税

四六判・208頁
本体1,200円＋税

四六判・226頁
本体1,000円＋税

四六判・216頁
本体1,000円＋税

四六判・168頁
本体900円＋税

四六判・220頁
本体900円＋税

四六判・188頁
本体1,000円＋税

四六判・198頁
本体900円＋税

四六判・184頁
本体900円＋税

四六判・186頁
本体900円＋税

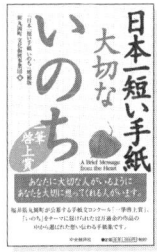

四六判・224頁
本体1,000円＋税

四六判・216頁
本体1,000円＋税